나의 작은 오두막

나의 작은 오두막

초판 1쇄 인쇄 2013년 10월 18일
초판 1쇄 발행 2013년 10월 25일

지은이   황 현 철
펴낸이   손 형 국
펴낸곳   (주)북랩
출판등록   2004. 12. 1(제2012-000051호)
주소   153-786 서울시 금천구 가산디지털 1로 168,
                 우림라이온스밸리 B동 B113, 114호
홈페이지   www.book.co.kr
전화번호   (02)2026-5777
팩스   (02)2026-5747

ISBN   979-11-5585-048-0 03810

이 도서의 국립중앙도서관 출판시도서목록(CIP)은 서지정보유통지원시스템 홈페이지(http://seoji.nl.go.kr)와
국가자료공동목록시스템(http://www.nl.go.kr/kolisnet)에서 이용하실 수 있습니다.
(CIP제어번호 : 2013021425)

나의 작은 오두막

글·그림 황현철

book Lab

차례

어린아이의 **꿈**

005

나의 작은 오두막

019

아름다운 **나의 정원**

091

어린아이의
꿈

한 아이가 있었습니다.
아이가 사는 집 주위엔 온통 꽃과 나무로 가득했습니다.

집 안에 있는 큰 밤나무와 세 그루의 사과나무는
타고 오를 수 있을 만큼 키가 컸습니다.

작은 정원은 가득 찬 꽃과 나무로 아름다웠습니다.

어느 날부터인가 아이가 사는 집 주위는
새로 지어지는 집들과 나뒹구는 쓰레기로 가득 차 있었습니다.
집 밖으론 도시가 새로 지어지고 있고
건물들이 가득 채워져 가고 있었습니다.

새로 짓기 위해 부수어 버린 건물들과
그 안에 있던 물건들은 아이에겐
좋은 놀잇거리가 되었습니다.

버려진 물건들은 폐기되어야 하겠지만
그 전엔 한 곳에 모으곤 했습니다.
이런 것을 모으는 일만으로도
돈을 만드는 사람도 많이 있었습니다.

버려진 고철들과 물건들이 아이에겐
좋은 장난감이 되었습니다.

어떤 날은 버려진 고철과 자재로
자그마한 오두막을 짓기도 했습니다.
만들어 놓은 오두막은 뾰족한 지붕에
기이한 형태로 창도 있었습니다.
그 안은 보기보다 넓게 되어 있어
아늑함을 느낄 수 있을 정도였습니다.

사다리를 타고 올라가면 주위 풍경이 한눈에 들어왔는데
그 옆으론 오래된 밤나무가 가지를 뻗어
손에 닿을 수 있을 정도로 자라 있었습니다.
가지에는 줄을 매어달아 그네를 만들어 놓고
밤나무 가지로 올라가거나 내려올 수도 있게 되어 있었습니다.

이처럼 기이한 오두막은
한 아이에겐 예쁘고 즐거운 놀이공간이었던 것입니다.

한참이 지난 어느 날
아이가 놀던 오두막에
새로운 주인이 나타나고야 말았습니다.
새 주인은 오두막이 보기 싫다며
아이의 오두막을 부숴 버려야 한다고 했습니다.

그 자리엔 콘크리트로 된 튼튼한 집을
지을 것이라고 했습니다.

옆에 있던 큰 밤나무도 건물을 지으려면
잘라 버려야 한다고 했습니다.

아이는 생각했습니다.

내가 어른이 되면 꼭 소중한 오두막을 지을 거야.
누군가에게 소중한 것이라면 그 가치는 존중받아야 해.
나의 오두막이 멋있는 건물이 아니어도
아름다운 마음이 있는 모든 사람의 것이 되어야 해.

아이는 속이 상했지만
결국 그토록 소중한 오두막은 헐리고
마음속으로만 간직된 소중한 추억이 되고야 말았습니다.

아이는 커서 꼭 오두막을 짓겠다고
마음먹었습니다.

나의 작은
오두막

1

익숙함을 버리는 것
여행에서만 발견할 수 있을지 모른다.

우리가 익숙해진 것들,
우리가 일상처럼 지나치는 것들,
무감각해지는 것들,
작고 사소한 것들과 소품들.

여행자만이 느낄 수 있는 것은 많다.
도시에 보이는 것이 낯설기에
느껴지는 것과 사람들.

나그네라야 알 수 있을지도 모른다.
여행이 필요하다는 것을.

누구나 나그네가 된다.

2

나의 작은 오두막

작은 오두막엔 꽃이 가득했다.

입구에는 세 그루의 사과나무가

오를 수 있을 만큼 커 있었다.

가지엔 작지만 맛있는 사과가

보기 좋게 열려 있었다.

약을 안 쳐도 병이 없이 이렇게 여물 수 있구나.

참 감사할 따름이다.

작은 잔디밭과 어우러진 가득한
꽃과 나무들은 아름다웠다.

3

한옥숙 집사님의 선물이었다.

가르텐,

오두막 안엔 차를 마실 수 있는

식탁이 놓여 있었다.

창가로는 정원이 보였다.

창가에 놓인 소품들과 어우러진 커튼이

화사함을 느끼게 했다.

독일인들은 이렇게

가르텐 가꾸기를 좋아한다고 한다.

그래서인지 개개인의 가르텐마다

개성에 맞게 잘 꾸며져 있었다.

물론 정원은 작은 오두막을 중심으로

꾸며져 있다.

누구나가 자신의 오두막을

만들고 있는 것이었다.

4

비행기는 작은 시골도시를 한 바퀴 돌고야

활주로에 안착했다.

베를린이었다.

비행기는 날 위한 배려인 것처럼

천천히 주위를 둘러볼 수 있을 만큼 낮게 날았다.

5

한옥숙 집사님과 독일인 친구가
동행을 했다.
우리는 바우하우스를 들러
갖가지 꽃과 구근을 샀다.
화초들은 등나무를 베어낸 다음
마음에 드는 곳을 골라
곳곳에 심어 놓았다.

독일인들은 순박하고 친절했다.

6

가르텐

작은 오두막과 함께 작은 정원이 있다.
오두막에 가끔 찾아와 여가를 즐기기도 하고
손님을 초대해 파티를 열기도 한다.
가르텐은 정원을 말한다.
정원과 오두막을 개성에 맞게
예쁘게 꾸며 가는 일을 즐기는 것이다.
그것이 하나의 취미생활이며
문화가 되어 있는 것이다.

7

시간은 알지 못하고

시간은 다시 돌아오지 않았다.
던져 버린 시간이다.
구심점을 찍고 돌아와야 할 시간이다.
우주가 그렇듯 지구가 태양을 돌아
다시 돌아오듯 하지는 않는 것이다.

다시는 올 수 없는 시간인 것이다.

어쩌면 이미 와 있는데
눈덩이처럼 커져 버렸기에 그 앞에 있는 것을
알지 못하는 것은 아닐까.

아니면 내가 던져 버렸던 것은
그가 아닌 나였기에
시간은 항상 그 자리에 있고
내가 돌고 있는 것은 아닐까.

지금 이 시간이 가장 중요한 시간이다.

8

레인 샤워

비는 잠시 몸을 적실 만큼 왔다.
준비되어 있지 않으니 피할 도리가 없었다.
"레인 샤워라고 해."
경옥이의 말이다.
"이곳 사람들은 잠시 오는 비는 그냥 맞고 다녀."
잠시 오는 비가 잦은 칠월의 베를린은
갑작스러운 비에 곤욕을 치를 때가 많았다.
"그렇구나."
아침에 맑던 하늘이 잠시 비를 뿌렸다.

자전거를 타고 있던 우리는
천사상을 지나 티어가르텐을 통해 중앙역에 가서야
비를 피할 수 있었다.

경옥이는 독일인 남편과 살고 있다.

나를 가끔씩 집으로 초대해서

식사를 준비해주곤 했다.

그리고 자전거로 많은 곳을 안내해주기도 했다.

그녀가 열어준 마지막 송별회에 감사한다.

9

바우하우스

나는 가끔 바우하우스라는 곳을 들르곤 했다. 바우하우스는 최초의 아파트를 일컫는 말이기도 하다.

바우하우스는 창고형 종합자재매장으로 대형 물류센터 건물 크기의 할인매장이라고 생각하면 된다. 이곳을 보면 무엇을 만들거나 장식하거나 또는 일상적인 가구 등의 물품이 비완제품으로 판매되고 있다. 여기서 재료를 구입해서 자신이 만들고 싶은 것을 만들면 되는 것이다. 그 나라 사람의 생활방식을 엿볼 수 있는 곳이기도 했다.

스스로 상상하고 만드는 것을 즐기는 사람들이 많은 것 같아서 흥미롭다.

10

아침을 기다리며

오후 세 시가 넘자 어두워진 베를린의 밤은 고요했다.
의지할 곳 없는 밤은 스스로에게 질문하는 것과
스스로에게 들려오는 메아리뿐이었다.
또는 바쁜 일을 찾거나
무엇이든 자신의 존재를 되물어야 했다.
가지 않은 밤을 무작정 기다려서는 안 되기 때문이다.

그나마 새벽에 볼 마지막 새벽별만이
나를 새벽기도로 이끌 뿐,
새벽 예배당에서 진한 원두커피와 빵 한 조각으로
아침을 안도할 수 있었다.

11

고속전철은 부드럽고 빠르게 노이로핀에 도착했다.
베를린을 떠난 지 사십 분만이었다.
집사님이 바리바리 싸온 음식은 풍족했다.
특히 김치는 독일인도 좋아했다.
여행자인 나에겐 고추장, 김치는
몸에 꼭 보충해야 할 음식이었다.

많이도 심어놓은 꽃과 화초는 예쁘게 피었을까.

나를 위해 준비한 가르텐 내 작은 오두막.

12

나 그리고 나

나로 인해 만들어진 나의 문제는
나를 찾아야 하는 문제이기도 했다.

존재하기에 있는 나의 이야기는
내 안의 나에, 나를 찾아야 알 수 있다.

만족하지 못하는 나의 문제는
가려진 거짓 진실에 있고,
가려진 어둠 속의 나의 문제는
나를 찾아야 살 수 있다.

나를 찾는 여정이 바로 나의 인생이다.

13

발코니로 보이는
큰 플라타너스 나무와
아이들이 뛰노는 작은 놀이터가 보였다.

14

게으르게 아침을 연다.
아침 햇살이 따뜻하게 비추고
산새는 건강한 소리로 지저귄다.

편안함이 되레 미안한지
번잡하게도 마음을 비추고
날 내쫓는다.

15

그림자

어둠의 이면에서 거스를 수 없이
찢겨지듯 아파오는 머리가 서글프다.
태양의 빛이 강할수록
그림자 또한 깊어지고
외로운 자들의 연민이 느껴지니
갈 곳 없는 이는 어떡하나.

도시엔 별이 반짝인다.

16

태양에 춤을 추다

태양에 춤을 추다.
스스로에 의미 있는 몸짓으로 추진 않았다.
아름다운 태양의 나라에선
외로움을 알지 못하고 외로워했다.

빛은 사람을 지배하고
지배당하는 사람들은
사는 게 그렇다고 모르는 일이라고 체념한다.

그렇게 피하고 싶은 빛으로 스스로 자멸하고 말았다.
스스로 시간을 지배하려 하지 않았다.
아름다운 삶들을.

17

여행자

마음을 지배해버리는 빛의 이면에는
인간의 아우성만이 들리고 있었다.

아름다운 들판은
부지런한 농부의 수고이자 현실의 노고이다.

생각조차도 어둠에 갇혀 버린다.

아름다움이란 평등하지 않게도
일거리로만 여겨져 버렸다.

그나마 여행자에게만이
발견되어 보일 뿐이다.

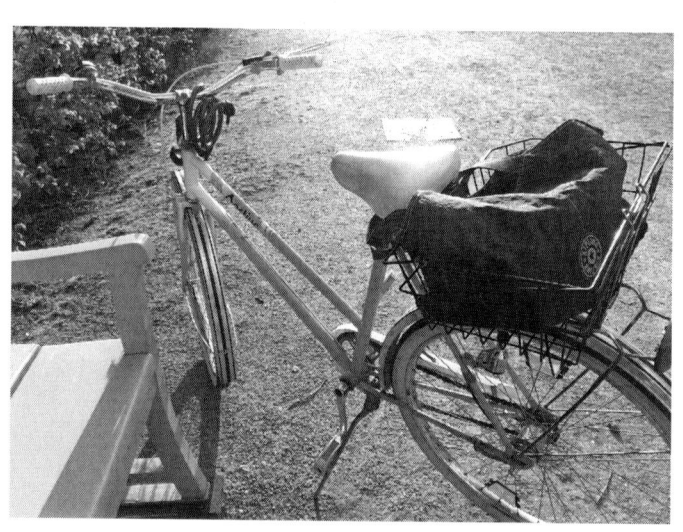

18

자전거를 선물 받다

"자전거는 어디서 났어요?"

"선물 받았어요."

"정말요? 온 지 얼마 되지도 않았는데."

"친구가 줬어요."

"벌써 친구가 생겼어요?"

"네."

민박집 사장님과의 대화다.

사실 베를린에 온 지 이틀 남짓하다.

아무도 모르는 곳에서 날 기다렸다는 것처럼

만남이 이어지고 있었다.

19

누구나 힘들었을 시기에
한 번쯤은 가 봐야 하는 것이 여행이다.
얻어야 하는 것은 나 자신의 문제이다.
또 내 안에 있는 나의 문제이기도 하다.
스스로 꿈꿔온 자기 자신, 하나하나의 소중한 생각으로
자신만의 오두막에 작은 불씨를 피워 가는 것이
진정 원하는 삶이 아닐까.

우리가 어려움에 처한다면
한 번쯤 나만의 오두막을 찾아보자.
오두막의 불씨를 살려 보자.

20

어두운 밤의 나라의 도시는 아름다웠다.
스스로가 빛이 되어 빛나고 있었다.

그들이 가장 아름다운 밤을
찾아가고 있기 때문이었다.

스스로 찾아야 할 어둠 속의 자유
몹시도 어둡고 쓸쓸했던 베를린.

21

타클래스

그들만의 자유와 예술 행위,

버려진 건물의 공간을
예술가의 행위로 무단 점거하여
창조적 작업 공간으로 활용하며
전시, 음악, 공연 등을 하고 있다.

지금은 여행 관광 코스로 활용되고 있는 것이다.
생각의 차이를 존중한다.

22

바나나

그곳에 가면 바나나 그림이 그려져 있었다.
아니, 스프레이 라커로 페인팅한
알 수 없는 사람의 흔적이었다.
곳곳에 그려 놓은 바나나 그림은 한 개인의 선택이겠지만
이곳을 찾는 사람들은 그의 행위를 존중한다.

베를린 갤러리촌에 가면 바나나 그림이 있다.

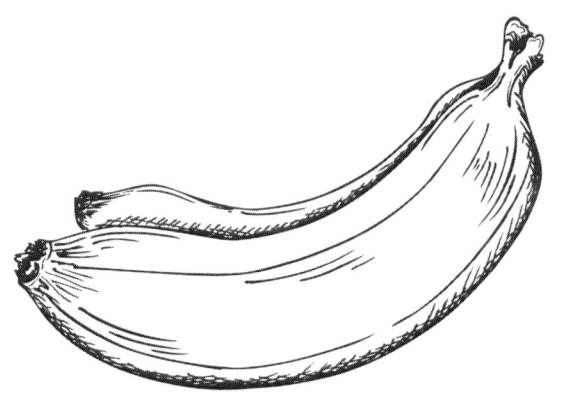

23

전기의 노예들

언제부터인가,

신발처럼 끌고 다니는 전기 코드들

내가 찾고자 하는 내 안의 문제는 콘센트에 꽂아 둔다.

생각을 꿈꿔 볼 틈도 없이 이어지는

전기 코드.

언제부터인가,

중요한 것은 우리가 삶의 의미를 알지 못하고

살아간다는 것이다.

우리가 진정으로 원하는 일은

내 안에 공간을 만드는 것이 아닐까.

내가 사는 삶이 되어야 할 것이다.

전기 코드를 뽑아 보자.

24

노천카페

프랑스 대사관 옆으로는 작고 예쁜 노천카페가 있다.
작은 호수와 플라타너스 나무가 여러 그루 있고
그 사이로 테이블이 여러 개 놓여 있었다.

커피와 음식은 셀프로 가져다 먹을 수 있었다.
연못을 보며 커피를 마시기엔 한적하고 여유로웠다.

가끔은 자전거로 와서 시간을 보냈다.

25

케밥

가끔은 케밥이 먹고 싶다.

양고기를 칼로 저며서
구운 밀가루 전병에 넣고
샐러드와 소스를 넣는다.

맛도 좋지만 무엇보다
가격이 싸고 영양도 좋았다.

26

어떤 동양인

티어가르텐에 잠시 머물렀다.

자전거는 한쪽으로 제쳐 놓고 돗자리에 앉아 간식을 먹었다.

공원 저쪽으로는 동양인 한 명이 산책을 하듯 걸어오고 있었다.

그 사람은 걸음을 멈췄고,

멈춰선 자리에는 큰 플라타너스 나무가 있었다.

손을 뻗으면 닿을 수 있을 만큼 가지가 뻗어 있었다.

그 남자는 가지에 손을 얹고 다리를 공중에 띄웠다.

하지만 즐거워하는 아이의 모습처럼 되어지진 않았다.

우리가 어려서 즐겼던 추억의 놀이는 도시의 빌딩 숲에 빼앗기고

그의 영혼은 힘을 잃어가는 것처럼

어쩔 수 없이 숨이 막혀 버렸기 때문에 떠난 여행인 것이다.

그렇게 이곳에서 베어지지 않은 나무처럼

내면의 아름다운 감정을 회상하는 것이었다.

27

서울상회

"현철 씨, 오늘 한국 식품점에 갈 건데 같이 가실래요?"
민박집 사장님의 말이다.
"네, 갈게요."

사실 나는 관광하러 온 것이 아니었기 때문에
그렇게 시간에 구애를 받지 않고 있었다.
구경하는 것보다는 마음으로 느끼고 싶었다.

같이 간 한국 식품점은 작은 골목에 있었고
유머가 많고 무엇보다 친절했다.

그리고 나는 이곳을 통해
많은 분들과 만나게 되었다.

28

티어가르텐

가르텐은 공원을 말한다.

생각의 확장이다.

아름다운 공원이다.

눈으로 교향곡을 듣는 듯했다.

눈에 보이는 것마다 아름답고 평화로웠다.

작곡가의 음악처럼 공원은 눈에 보이는 교향곡이었다.

눈으로 보이는 것이 얼마나 중요하고

아름다움이 필요한 것인가를 잘 알 수 있다.

신이 주신 선물처럼

신의 손길을 대신해서

행해진 것 같았다.

29

자전거 길

베를린의 자전거 길은 잘 되어 있었다.
집에서 시작한 자전거 길은 공원으로 연결되어 있었고
공원은 다시 각 집으로 이어지고 있었다.
마치 나무의 잔가지처럼
물 흐르듯이 지루하지 않게 연결되어 있었다.

30

벼룩시장

어쩌다 지나가는 우연한 인연으로
많은 사람이 벼룩시장을 찾지만
지나치는 사람이 더 많다.

가끔씩은 우연히 산 물건이
인연이 되어 자기 방을 장식하기도 한다.

지나가는 사람은 눈요기일지 모르지만
장사하는 이는 책을 보며 환하게 웃어준다.

가끔은 유명한 그림을 찾기도 한다고 한다.

31

광장

광장엔 사람들이 모인다.

물이 흘러가듯

광장엔 사람이 머문다.

잠시 머무는 연못처럼.

32

오래된 자동차

자동차는 시내를 한 바퀴 돌고야 자동차 공업사에 도착했다.

노수광 목사님이 자동차 수리할 일이 있으니 같이 가자고 하셨기 때문이다.

공업사는 이차대전 때 사용하던 창고 건물을 사용하고 있었다.

그곳엔 오래된 자동차를 수리 중인 주인이 기다리고 있었다.

자동차는 사십 년이 넘었다고 했다.

한국에선 벌써 폐차했을 차를 두들겨서 붙이는 작업을 하고 있었다.

그 차를 타겠다는 사람이나 콧노래를 부르며 차를 수리하는 정비사나 우리는 그들을 이해할 수 있을까.

33

십자가

불씨는 십자가로 빛나고

나의 손은
당신의 손으로 쓰이길.

바라옵건대 나의 것은 없으니
당신 것이라
당신만이 할 수 있는 일이니
그저 기다릴 뿐.

베를린에서 사진을 보내왔다. 예은에게 감사를 전한다.

34

베를린

아름다운 도시인 건 분명하다.
아름답다 하는 것은 자연환경이 아름다워서가 아니다.

한국의 자연은 아름답다.
좋은 날씨가 그렇고t
푸른 숲과 들, 물 또한 맑고 시원하다.
하지만 아름다운 것을 잘 개발하고 보존하기보다는
훼손하는 경우가 많았다.
자연과 어우러지는 건설방식보다는
개인의 이익이 치우치는 경우가 흔하다.

반대로 베를린은 좋다고 할 수 없는 환경에서
인위적인 손길로 하나하나의 나무와 건물들을
잘 조합해서 건설하는 방식으로
인간을 위한 배려인, 질적 아름다움을 찾아가고 있는 것이다.

35

벌써 오년 전의 일이 되어 버렸다.
지쳐 쓰러져 버릴 운명이라 생각했기에 떠난 여행.
막막한 현실의 벽에 부딪혀
흩어져 버릴 것 같은 삶의 몸부림.

무엇이든 전환점이 필요했을 때
떠나야만 만날 수 있는 여행.

마음의 불씨를 꺼뜨리지 않기 위해서
떠나는 여행.

누구든지 한 번쯤은 가봐야 할 일이다.
어쩌면 무책임하다고 하겠지만
여행에서 많은 작은 불씨를 집어 온다.

36

여행에서 호된 신고식

인천공항을 떠난 비행기는 암스테르담행 비행기였다.
암스테르담에서 비행기를 갈아타고
티겔공항까지 가는 경비행기로 갈아타야 하는 것이다.

그렇지만 갈아타야 할 비행기 시간이
나의 비행기 티켓과 맞지 않아서
비행기를 타지 못한 것이다.
그 순간 당황한 일을 생각하면
지금 생각해도 기가 막힐 노릇이다.
다행히도 공항에서 비행기 티켓을 교환해주었다.
하지만 그로 인해 꼬박 밤을 새워야 했던 일이
처음인 여행자에겐 황당한 일이 아닐 수 없다.

37

베를린을 떠나다

독일 분이 열어 주기로한 송별회는 시간이 없어 참석하지 못했다.
떠나기 전날 한옥숙 집사님의 배웅 때는 온 도시가 폭죽 소리로 요란했다.
한 해의 마지막을 아쉬워하며 새해를 맞는 폭죽이었다.
마치 나를 위한 환송파티처럼 여겨졌다.
베로니카를 닮은 한옥숙 집사님께 감사한다.

아침에는 와줄 것이라는 생각을 못했던
함승화 목사님과 사모님은 집 앞까지 와 주셨다.
목사님의 자동차에 짐을 싣고 이십여 분이 지나자
티겔공항에 도착하게 되었다.

공항에 도착하자마자 또 한 분의 배웅이 기다리고 있었다.
황 집사님이셨다.
우연히도 같은 날에 같은 비행기로 예약되어 있었다.
뜻밖의 만남에 감사하며 긴 비행시간 동안 심심하지 않게
인천공항까지 올 수 있었다.

이 모든 분들께 감사드린다.

아름다운
나의 정원

봄의 기지개

봄이면 시끄러워 우짖는
새들은 먼저 안다.
꿈틀대는 대지를
물 먹은 단풍나무는 숨차듯
물을 흘러 넘치고

날을 샐 것도 없이
준비를 끝내고 기다린다.
무뎌오는 나이 먹은 사람들은
크게 기지개를 켜며
봄을 맞는다.

산수유

꽃이라고 다른 꽃에 질려
금세 잊힌다.

겨울에 질린 산골짜기에
환한 빛 감돌기에 보았더니
노란빛 환한 산수유다.
떠들썩대는 봄의 꽃에 금세 잊혀지지만

열매가 예쁜 빨간 가을
누구나 상관없는 자아 도취꽃.

산속에 홀로 핀 노란 산수유.

봄의 시작

그대는 사월의 봄을
쌀쌀한 날이라 하겠는가.

봄의 출석에 늦지 않으려고
꽃을 피우는 개나리, 벚꽃, 목련은
늦지 않았다 웃음 띠우고
진달래도 늦지 않게 꽃을 피우겠다.
기다릴 것 없이 장미는
가시장식 먼저 하고 혼자 예쁜 척 하겠지

그렇게 계절의 아침은 시작된다.

목련꽃 피어 온다

목련꽃 피어 온다.
하얀 진줏빛
그곳이 어디거나
맑고 깨끗한 하얀 물감.

여린 감동은 단막극의 주인공처럼
주제롭다.

그대 그리운 날은

그대 그리운 날은
봄의 따스한 봄꽃이어라.

그대 그리운 날은
비오는 소낙비에 피해 있을 처마 밑처럼

그대 그리운 날은
너무 더워 미쳐 날뛰어하며
그리워하는 그늘이다.

그대 그리운 날은
온종일을 아름다움에 햇살 가득한 날들이기에
지나서 그리운 그대는
그날에 추웠다고 눈은 그토록 녹지 않고
얼어 붙어버린 것이 발목 잡듯
도장 찍힌 눈도장이어라.

벗이여

벗이여, 꽃이었군요.
별나게 굴던 사월의 바람도
그대 피우는 꽃은 바람도 재우고
그대는 벗이군요.
꽃이군요.

사월의 봄

내 눈은 비빔밥을 비비듯
즐거워한다.

눈으로 섞어야 할 봄의 꽃들은
좋은 빛에 하늘 안 한가득
비벼지고 있는 것이다.

보기만 해도 아름답다.
보기만 해도 맛있다.
바라만 봐도 배부르다.

사월의 봄.

동해

해는 동에서 뜨더니
서쪽 산허리로 저물었다

강릉에서 집에 오는 내내
해는 눈부시게 나를 따라 다녔다
그리고 집에 도착할 쯤
해도 몸을 숨겼다.
태양의 에스코트는 눈이 부셨다.

그렇게 해는 나를 중심으로 원을 그리고 있었다.
지구는 둥글게 해를 그렸다.

햇빛욕

호사로운 일이지
아는 사람만이 하니까.

어려운 일이지
감사해야 하니까.

누구나 할 수 있지만
하려고 하지 않지
흔한 일이니.

가난한 자만이 호사롭다.

장맛비

작은 비가 온다.
길게 짧게 크게 느리게 때론 천둥소리

굵은 비가 온다.
지루하게 밤을 새워야 할.

아침 비가 온다.
느리게 샤워하듯.

가끔은 환한 빛이 새롭다.
예민한 초원의 자연은
알아차리듯 몸을 흔든다.

적막한 도시는 쉬어가길 짜증일까.
칠월의 장마는 아름다운 음악이어라.

연잎

연잎에 이슬 맺히면

새는 한 모금 목을 축이겠지.

연잎에 이슬 맺힐 때면
기다렸다
살며시 내 꽃아.

가을 들판

바라만 봐도
지나가기만 해도

생각만 해도
누구나 할 것 없이 물들인다.

가을 들판
황금색 물들인다.

시월의 햇살

시월을 담으려 이 길에 서 있다.
이처럼 아름다운 가을을 보지 못했기에
가더라도 기억하게
서 있는 나를 만나고 가는
햇살과 나뭇가지와 떨어진 낙엽까지

가난한 사람만이 풍요롭다.

가을 옷

나무에 기대면
가을 옷을 입는데
유행이라고 할 것도 없이
새롭다.

유행에 기대어
나무 곁에 있으면
아름다운 것으로 옷 입힌다.

단풍

단풍 들어서 좋을 테야.

단풍이 예뻐서 좋을 테야.

바람에 날려 좋은 일은
대지를 물들이고
모르는 이도 물들인다.

구절초

꽃이 예뻐서 발길을 멈추면
한 아름 꽃을 바라봅니다.
지난번에 알지 못해서 잡풀인가 했는데
어느 새 가을비는 꽃을 피웁니다.

어제는 지나쳐 버린 꽃이
오늘은 우릴 보고 웃습니다.

집안엔 배양종의 잔치지만
길가 어귀라도 마다않고
모르는 이 상관없이
함박웃음 꽃 피웁니다.

코스모스

여인의 눈빛인 듯 나를 유혹하고 있다.
아름다움이란 오색을 뿌려 놓은 듯
응집된 빛은 황금색의 몸으로 빛나고
자연의 몸짓들이 이보다 아름다울 수 있을까.

행복에 겨워 웃고 있는 코스모스는
자신이 최고인 양 웃고 있다.

두 개의 의자가 놓여 있는 테이블엔
커피 한 잔에도 편안함을 느낀다.

파란 하늘

파란 하늘 너에게 보낸다.
파란 마음 되어 오라.

파란 하늘 너에게 보낸다.
뭉개구름 되어 오라.

파란 마음 너에게 보내면
파란 하늘 되어 오라.

굳이 검은 구름으로 오려거든
꽃비 되어 뿌려 다오.

꽃이 예뻐서

꽃이 예뻐서 한 아름 안아 봅니다.
예쁜 꽃 보니 내 마음 즐거워라.

꽃이 예뻐서 한 송이 꺾어 봅니다.
나만 보니 미안해서.

겨울 갈대

고운 머리를 하고
황금색 벌판을 바라봅니다.

지나가는 자동차엔 영락없이 관심을 보이지만
알지 못하는 이들은 찬 서리 내리고
짱짱한 겨울 감돌 때에도
그들은 그를 모릅니다.

그들은 고운 머릿결에 보드라운 얼굴로
외로워하는 새들과 따뜻한 벗이 됩니다.

봄이 오고야 이별을 고하지만
폭설의 추억도
그를 모릅니다.
겨울 갈대

산당화

봄에 꽃이 예쁘더니
차돌처럼 사과처럼
열매 맺혀 있네.

무심코 지나려니
열매가 고마워
주워 본다.

지나쳐 버리는
이름 모를 꽃들의 열매여.

바다가 그리울 때

바다가 그리우면
고향도 그리웁다.

바다가 그리워 바다에 가면
그리운 마음 그리워진다.

질리는 소음들과
정신없이 바쁘다는 핑계들이
삶이 되어 버리고
그래서 바다가 그리운 거겠지.
고향이 그리운 거겠지.

어두워지기 전에

어두워지기 전엔 와야지.
어두워 개 짖기 전엔 와야지.
해 그림자 따라 놀아도.

찬 손님 왔는데 옷일랑 입고
할머니가 쪄 놓은 밤이랑 고구마 다 식으면

그때서야 시커먼 때가 낀 손으로
와당 꽝깡 신을 벗는다.

비 마중

비 마중 가자.
맞으면 좋겠지만
겨울 오는 비는 맞지 말아야지.
겨울이 온다는데 미리 마중이라도 가야지.
뒤늦은 겨울 알면 좋은 일 있을까.
비오는 날은 흠뻑 맞아야지.

감기야 오든 말든
어찌하랴, 오는 계절을.

겨울 가지들

옷을 벗어 던지듯
실오라기 하나 없이 던져버린 가지는
차가워진 바닥에 낙엽이라는 이름으로
뒤엉켜 버리고 그저 흔적만으로
그 어느 것의 것인지 알 뿐이었다.

밤하늘 별빛만이 허전함을 위로하듯
빈 가지에 걸터앉아 있을 뿐이다.

누구이거나 추워져버린
밤이 쓸쓸하다.

내 작은 오두막

쓸쓸히 추워져 버린 오두막이다.
불을 지펴야지.

불은 등대 되어 비추어 놓고
낯선 나그네 쉬어 가길.
모닥불에 잠시 몸을 녹이고
마음의 불 등대 되어
담아가는 것이 소망이다.

누구나가 그렇듯
내 작은 오두막
나는 불이 되리.

첫눈

별이 쏟아져 내려온다지.
구름에 가려진 채
보여줄 마술처럼 잠시 가리워지겠지.

새벽엔 꼭 눈이 와야지.
내가 바라본 별은 나와의 약속이거든.
이제 지워야 할 시간들은
다시 하얀 별 반짝이며 시작된다.

눈의 꽃

눈의 꽃은
빨리도 피었다.

자신이 꽃이라고
자존감이라고
버티어 있는 것이

꽃은 꽃인가 봅니다.

찬 서리

찬 서리가 내리다.
지붕 위에 먼저 왔네.
밤의 끝이 길더니
입가에 입김 분다 했다.

첫 서리가 왔네.
곧 있어 올 하얀 별 기다린다.

그러면 반가우리.

나 그리고 나

나는 나이지만
알고 보면 우리가 있어
내가 있지요.

우리는 다르지만
내가 없어야
우리지요.

그러니 나나 우리나
하나인 나이지요.

먼 산

먼 산을 보니 가까운 곳이
보이지 않았다.

가까운 곳을 보니
먼 곳이 그리웁다.

찬바람 몸 시리고
갈 곳을 알 수 없다.

마흔 넘어

계절을 넘기듯 잠시 쉬어간다.
한달음이면 갈 시간이니
몸 상태 점검하고
다음 전투엔 이상이 없어야지.
그러니 쉰다는 것에 감사하지.
그렇지 않으면 알지 못했을 것들.

이제는
또 다른 시작이다, 마흔 넘어.

내 그림자

한 발자국도 내 그림자를 넘지 못했다.
하는 수 없이 어둠을 기다릴 수밖에.

그들이 바라는 것은 이처럼
그림자에 날 가둬 버리는 것이었다.

나는 나의 그림자에서 벗어날 수 없었다.

그렇게 어둠의 골짜기에는
달빛만이 빛나고 있었다.

기도

하나님이시여.

저에게 십자가 칼을 주소서.
천군만마가 없어도
당신의 돈키호테가 되리라.

이미 주시었지만 찾지 못하였다면
그저 나를 책망하시어
바라옵건대 더는 필요 없나이다.

외로워하지 말아야지

외로워하지 말아야지.
어둡다 쓸쓸해하면
누구든 올 사람은 없는 거야.

나에게 나를 묻는다.
가로수 불빛 그리웁다.

정동진

새벽별은 그렇게

빛나고 있었다.

별을 쫓아가기만 하면 되는 것이었다.

다른 것은 보이지 않았다.

아니, 볼 필요는 없는 것이다.

아침이 되어서야 알 수 있었다.

해 뜨는 바다,

정동진.

돌아, 사람아

천 년이나 살을 터,
인간의 발아래 나뒹굴고
그래도 그래도 괜찮은가.
늬 댁에 담장되어 욕 보여도
그래도 감사한가.
백년살이 보며 웃네.
돌아, 사람아.

현대인

폰을 바꾸다

넌 뭐니, 폰, 아니 친구.

넌 누구니.

수, 수에 연수야.
그게 뭔데,
너, 나, 아니 우리.
그럼 나는.

나를 찾으려면
곱하기 영을 해야지.

태극기여 영원하라

태극기여 영원하라.
우리가 못하는 것이 없으니.

태극기여 영원하라.
서로가 마음을 연다면.

태극기여 영원하라
번영하리.
서로가 사랑한다면.

내 조국, 내 땅은 영원하리.

버려진 고철들

버려진 것엔 시간이 묻어 있다.

버려진 곳에 회유가 있다.

버려진 곳에 채움이 있다.

버려진 것엔
새로운 이야기가 있다.

피할 수 없는 일

우산 없이 비를 맞는 일
햇볕을 피할 수 없는 일
밤을 지내야 하는 일
밥을 먹어야 하는 일
일을 해야 하는 일

그래도 어쩔 수 없이 살아야 하는 일
죽을 수밖에 없는 숙명을 가진 일

피할 수 없는 일은 축복받은 일과도 같다.

무엇을 보려 하는가

무엇을 보려 하는가.
보이지 않는 것을 보려 합니다.

무엇을 들으려 하는가.
듣지 못하는 것을 들으려 합니다.

무엇을 하려 하는가.
하지 못하는 것을 하려 합니다.

내가 할 수 있는 것이 무엇입니까.

내가 하려 함이 할 수 없음이니라.

동해

동해로 가면

시작된 아침이 있다.

별을 따라 가면

동해가 있다.

아침이 있다.

뜨는 해가 있다.

나뭇잎

나뭇잎 손 내민다.
나뭇잎 손 흔든다.
여름날 머리 위에
그늘비 가리운다.
이미 지나고
내민 손끝이 갈색 물 들일 때면
맺은 열매 없어도 고마워하리
시린 손 복에 겨워 흰 손 내밀 때면
그날 추억 그리워라